# Mais ou menos do que dois

Sérgio Medeiros

# MAIS OU MENOS DO QUE DOIS

ILUMINURAS

*Capa:*
Fê

*Revisão:*
do autor

*Filmes de capa:*
Fast Film - Editora e Fotolito

*Composição e filmes de miolo:*
Iluminuras

ISBN: 85-7321-145-8

*Nosso site conta com o apoio cultural da* via net.works

2001
EDITORA ILUMINURAS LTDA.
Rua Oscar Freire, 1233 - CEP 01426-001 - São Paulo - SP - Brasil
Tel.: (0xx11)3068-9433 / Fax: (0xx11)3082-5317
E-mail: iluminur@iluminuras.com.br
Site: www.iluminuras.com.br

# ÍNDICE GERAL

# 1. METEMPSICOSE

# METEMPSICOSE

(Ou: Como se desconsolasse de ver morto o seu irmão
gêmeo Castor, o imortal Pólux foi aos Infer-
nos e o resgatou.)

-me que visitou certa vez um planeta muito pequeno: em vinte minutos, ele percorreu toda a sua superfície!”

FIM

# ÍNDICE REMISSIVO

F
F
F
“F
F
F
F
F
G
G
G
G
H
H
H
H
H
H
I
I
I
I
I
I
J
J
J
J
J
“J
J
J
J
K
K
L
L
L
L
L
L

L
L
L
L
M
M
M
M
M
M
M
M
M
M
M
M
M
M
M
M
M
M
M
M
M
M
M
M
N
N
N
N
N
N
N
N
N
O
O
O
O

“O
O
O
O
P
P
“P
P
P
P
P
Q
R
R
R
R
R
R
R
R
R
R
R
S
S
S
S
S
S
S
S
S
S
S
S
S
S
S
S
S
S

S
S
S
S
S
S
S
S
S
S
T
T
T
T
T
"T
T
T
T
T
T
T
T
T
U
U
U
V
V
V
V
V
V
V
V
V
V
V
W
W
W

W
W
W
W
W
X
Y
Y
Z
Z
Z
Z
Z

# 2. MAIS OU MENOS DO QUE DOIS

(Versão de 1999)

*Speak; I cannot. I hear and forget to answer*

John Cage: "Another Song"

# ÍNDICE

(DOIS)

## OS DIÓSCUROS

(UM)

# OS DIÓSCUROS

(Monólogo (sic))

# OS DIÓSCUROS DE BICICLETA

## PRIMEIRO ATO (VERSÃO SINTÉTICA)

- : Sem...

+ : Voz.

## SEGUNDO ATO

(Centro (sic) da cidade.)
(Um pub. Uma mesa junto à janela aberta para a rua. Fachadas ensolaradas.)
(Temperatura de verão.)
(Ilha no litoral.)
(...)

Mais: ... não aprendi a falar?

(Menos está lendo um livro.)

Menos:

Mais: Falar para ser ouvido, quero dizer.

(Menos, vestido de negro, rosto pálido, lê rapidamente um trecho sublinhado do ensaio intitulado (...) e, sem tirar os olhos da página, comenta: (...).)

Menos: E essa ladainha, o que me diz?

(Mais, usando cinza nas têmporas e no corpo, entende que ele se refere à música de cena.)

Mais: ...sons, sons da boca...

Menos: ...e...

(Ouvem a música.)

Mais: Não termina, recomeça.

Menos: De repente... passa lá fundo qualquer coisa grande e sólida...

Mais: Diria que um veículo passa pela highway enquanto a cidade se espalha do outro lado até o morro mais distante.

Menos: ...ou...

(Pub sombrio. Ambos bebem algo gelado, Menos ouve o ruído provavelmente como Mais gostaria que Menos ouvisse a ele, Mais.)

Mais: Não tenho razão?

Menos: Sobre o quê?

Mais: Sou menos do que ouvido.

Menos: Mais... do que imagina.

(Uma motocicleta passa veloz na rua deserta.)

(A música agora está na rua, na calçada em frente ao pub: ouvem-se passos sonoros que se afastam apressados. Silêncio. Silêncio.)

(Um ciclista passa diante da janela do pub.)

Mais: Uma bicicleta silenciosa, o fantasma da motocicleta...

Menos: Sim? Onde?

Mais: Digamos... bem longe daqui, digamos na beira-mar, a julgar pela brisa.

(Uma sombra diante da jukebox; reinicia a música.)

Menos: Vindo na direção contrária, um veículo passa ao meu lado como uma onda bravia na highway.

Mais: Percebo apenas a sua sombra instantânea, mas o retrovisor preso à extremidade do guidom capta-o a distância entrando numa curva longínqua.

((Duas da tarde, três da tarde.))

Menos : Olhando para trás?

Mais: ...à minha frente...

Menos: Ainda é apenas a preparação para o bote, não o bote. Ou talvez tenha sido o bote — creio que perdi você de vista.

Mais: Posso estar muito à frente!

(Prossegue a música no fundo do pub: vagamente onírica — percussão sozinha numa paisagem extremamente fresca, e tal é a sua (imprevista?) leveza que (...).)

Menos: A onda se espraia fervilhando, lambe a ciclovia...

(Mais bebe dois goles e seca o copo.)

(Duas mulheres usando calças compridas e cabelos curtos entram no pub e escolhem com familiaridade uma mesa na penumbra.)

Menos: Nenhuma fera às minhas costas, se não me engana o retrovisor.

Mais: Passa outro veículo ao meu lado, um veículo com alto-falante. Não ouve essa voz lancinante?

(Ambos emudecem enquanto alguém tenta regular melhor a altura (inesperadamente excessiva) do som que vem do fundo do pub.)

Menos: Sim, exceto que o veículo passa tão veloz quanto o outro nesta paisagem sem eco.

(...)

(...)

Mais: Quem vem atrás?

Menos:

Mais: Quem vai à frente?

Menos: Ninguém, decididamente.

Mais: Ora!

Menos: Ora, ora!

Mais: E se eu lhe disser que, neste instante, ao inclinar-me sobre o guidom (antes de lançar-me num declívio), o imprevisto sucede? Longos jorros intermitentes da campanhia... que aciono por acaso e depois por prazer.

Menos: Surpreso de estar...

Mais: Então?

Menos: A impressão (súbita embriaguez provocada pelo exercício físico sob o sol forte?) de que sigo ou persigo alguém... mas, ao inclinar-me sobre o guidom, me des... cubro no retrovisor... como se... eu mesmo estivesse indo à frente e vindo atrás!

Mais: !

Menos: O rosto de um ciclista que sou eu mesmo vindo logo atrás de mim... cada vez mais próximo!

Mais: Que sol forte!

Menos: ...cada vez mais próximo...

(Menos faz um sinal discreto com a mão esquerda; logo depois, o inglês se aproxima da mesa com uma garrafa e enche os dois copos vazios, ou apenas um deles.)

Menos: É isso!

Mais: Exceto que fui o primeiro a entrar na pista...

Menos: !

((Algumas pedras e arbustos vão crescendo e ocultam de repente o mar, lançando uma extensa sombra entrecortada de faixas luminosas sobre o asfalto da ciclovia.))

Mais: O trecho que percorri após o declívio me lançou na sombra. Sou invisível agora!

Menos: À minha esquerda, do outro lado da highway, quintais e casas cercadas de árvores, e é como se nada disso existisse mais... ali.

(Mais abre um caderno — é o seu diário — e lê um trecho que diz: (...).)

Mais: Os morros! Eles surgem ou giram sobre si mesmos, de repente próximos e logo depois distantes, três ou quatro morros que parecem muitos.

(Mais fecha o caderno. Menos o solicita, abre-o ao acaso, lê uma ou duas frases.))

Menos:

Mais:

(A brisa entra pela janela e move as pás do ventilador. As duas moças masculinas riem alto numa mesa escondida atrás de uma coluna.)

Mais: Curva tão rápida!

Menos: Uma peça de metal rola à minha frente, rola como se alguém a tivesse lançado ali intencionalmente... e pousa no asfalto com um baque surdo.

Mais: Sabotagem? Ridículo!

Menos: Um resto de desastre, talvez, um acidente antigo na highway...

Mais: Um prenúncio de tormenta?

Menos: Continuo avançando veloz, sem descuidar porém dos sinais... à esquerda, à direita, à frente, no retrovisor...

(Emoldurado na clara janela — ainda há sol nas fachadas defronte do pub —, Menos bebe do seu copo. Mais abre a boca, encenando talvez um grito, ou talvez apenas bocejando.)

Mais: Estou no páreo, ainda estou no páreo, se você quer saber!

Menos: Algo se abre do outro lado da avenida...

((Um outdoor.))

Mais: No páreo...

Menos: Súbito frenesi suado...

((A baía aparece atrás das pedras: outro declívio súbito.))

Mais: Você podia ser mais preciso, como, digamos: revejo a baía riçada quando me lanço (de novo? ) no declívio!

Menos: Inquieto-me, há inquietude sobretudo no mar... enquanto percorro o retrovisor como um túnel iluminado.

Mais: Infinito...

Menos: Paciência!

Mais: O infinito iluminado nos calcanhares do ciclista...

Menos: E que já o devorou!

Mais: Inteiro.

(Os dois se entreolham. Lá fora, do outro lado da rua, sobre as fachadas antigas um céu azul sem nuvens; no fundo do pub, um vazio escuro atrás das colunas... e os movimentos graciosos de uma moça que distribui pratos de castanhas, primeiro para uma das mesas do fundo, depois para a mesa junto à janela.)

Mais: Muita luz agora... no mar.

Menos: Grandes pedras.

(Quando as pás do ventilador começam a girar impulsionadas por um motor um tanto ruidoso, algumas folhas (sempre as mesmas) do caderno de Mais aberto diante de Menos se agitam com selvageria — se erguem e caem para trás, se erguem e caem para trás ((como se...))—.)

Mais: Ainda um veículo, um longo veículo vem em sentido contrário, aproxima-se em alta velocidade, penetra no retrovisor como num túnel, espicha-se infinitamente e se recolhe num pontinho de nada.

Menos: O mar desaparece.

Mais: Nuvens enchem a baía.

Menos: Reaparece o mar.

Mais: Tão exato!

Menos: Lançando-me num declínio (a ciclovia é realmente previsível, monótona), vejo lá embaixo, do outro lado da highway, alguns prédios inacabados sob um céu de repente nublado.

((Menos gira o espelho no guidom, recolocando-o na posição correta: revê o longo túnel sugando-o para trás.))

(O telefone toca atrás do balcão.)

((Como se o aparelho estivesse em algum lugar inacessível da roupa do ciclista e ele precisasse descer da bicicleta para achá-lo. Percebe então que apenas acionou sem querer a campanhia da bicicleta.))

Mais: O mar bastante próximo.

Menos: Aspiro o odor das pedras úmidas...

((As nuvens se dispersam.))

Mais: Pedras vivas...

Menos: Fogo na baía.

Mais:

(Um rapaz entra no pub com um serrote na mão. Há muito o que fazer ali. O lugar ainda não foi inaugurado.)

Menos: O dilúvio enfim sobrevem sob a forma de um jorro quente de luz que tudo aquece e agita.

Mais: As ondas aparam suas... suas...

((Unhas?)) ((Asas?))

Menos: O mundo se move.

Mais: Febril.

Menos: Gira-se sobre si mesmo, vem-se à tona como aquela pedra.

Mais:

Menos: Quando recobro o ímpeto, pressinto (mas não irei retroceder para verificar) uma forma no meio da highway, um grande animal impassível.

Mais: Teso, não plácido, mirando fixamente os edifícios inacabados ao pé do morro.

Menos: Diria que ele olha para ambos os lados, não para a frente.

(Luminosos verdes e vermelhos dão vida às paredes do fundo do pub.)

Menos:

Mais: O mastigar me impede de ouvi-lo.

(Ambos mastigam castanhas.)

(O inglês se aproxima da mesa para verificar se está tudo ok.)

Menos:

Mais: A papa na minha boca soa aos meus ouvidos — ouvidos internos? — como uma água lerda e pesada batendo regularmente nas pedras.

Menos:

Mais: Mastigo sem pressa.

Menos: !

Mais:

Menos: Há flores vermelhas ao pé do outdoor vazio (o mesmo que vi há pouco?) do outro lado da highway. É como se eu na verdade só agora passasse por aqui. Ou estaria recuando, refazendo o percurso?

(O inglês retorna com uma vela acesa e a coloca ao lado da garrafa. A luz da vela ilumina apenas o interior da própria vela, lançando alguns reflexos anêmicos e incertos na garrafa ao lado. As nuvens sobre o casario defronte da janela se tornam rubras.)

Mais: À minha frente... às minhas costas... ao meu lado...

Menos: Ilusão sua!

Mais: Ora!

(De uma garagem aberta jorram fachos que reanimam as cores das fachadas defronte do pub— o sol se ergue novamente.)

Menos: Minha sombra no asfalto atrás de mim como...

(Ambos se entreolham.)

Mais: Uma flâmula.

(Menos faz com a mão um gesto de desdém.)

Menos: A cidade reaparece na extremidade da baía...

Mais: ...velha fuselagem.

Menos: Velhos vagões.

Mais: Enfileirados!

Menos: Uma sombra no retrovisor, nada à frente...

Mais: Reavivam-se os...

Menos: A sensação de ultrapassar tudo e todos! Porém... instantaneamente retorno e revejo as flores vermelhas ao pé do velho outdoor!

Mais: Tudo envelheceu.

Menos: Ainda me esforço.

Mais: O sol vai caindo rapidamente.

((...).)

Mais: O mar é um aparelho desligado.

Menos: \\\\\\\\\\\\\\\\\\\\\\.

Mais: Corte de energia.

Menos: \\\\\\\\\\\\\\\\\\\\\\

(Cds girando na jukebox (muda, talvez enguiçada) como grandes lantejoulas num aquário iluminado.)

(Menos escreve algo no caderno aberto diante de si, murmurando: (...).)

Menos:

(...)

(...)

Menos: Ainda em pé diante do mar, olho para trás (não consulto agora o retrovisor), olho para trás virando o rosto para a deserta highway, o outdoor vazio rasga-se e dobra-se sobre si mesmo como uma página aberta que se fechasse deixando entrever a velha e carcomida (imagino) estrutura de madeira que sustinha havia séculos o retângulo enferrujado de latão. Um vento súbito agita toda a baía, espalhando as nuvens.

(O inglês deposita em silêncio outra garrafa ao lado do freguês taciturno (o gargalo expele um gélido vapor no rosto de Menos, cujo nariz quase roça o vidro turvo). )

Menos: Volta a energia, acende-se o mar como a jukebox ali no fundo com suas escamas douradas girando imperturbáveis num aquário seco.

Menos: O mar cala sob o mormaço, toda a baía fede.

Menos: Uma miragem deitada de lado no mar como uma pessoa deitada numa cama.

Menos: Enquanto caminho empurrando a bicicleta aspiro às vezes um cheiro nauseabundo.

Menos: Provo e provoco o delíquio das formas ao me deslocar de novo na beira-mar.

Menos: Movimento freneticamente as pernas como um campeão. Ninguém vem atrás ou vai à frente.

Menos: Uma sombra, apenas uma sombra na ciclovia, uma sombra arrastando-se atrás de mim no asfalto.

Menos: A sombra avança comigo na minha velocidade, persegue-me sem sobressaltos, confortável, sem fadiga, sem atrito, sem obstáculos.

Menos: Sem sofrimentos, sem ferimentos, sem escamas, sem cintilações.

Menos: A sombra de um ser dobrado sobre si mesmo, quase a sombra da fera.

Menos: Já vencendo a saída do túnel à minha frente.

((Uma curva brusca, inverte-se o jogo de luz e sombra.))

Menos: Finalmente!

((Mais curva, menos reta, menos curva, mais reta.))

Menos: A sombra agora me acompanha dobrada sobre si mesma ao meu lado no asfalto.

Menos: Emana um frescor do mar, a brisa favorável me impele para a frente no preciso instante em que a sombra me ultrapassa e se projeta no asfalto à minha frente, à saída do túnel!

Menos: !

Menos: Sinto nitidamente todos os dedos da brisa apoiados nas minhas costas curvas impulsionando-me para a frente, enquanto dobrado sobre o guidom em alta velocidade abandono definitivamente o túnel do retrovisor, lançando-me na sombra que me atrai como um... como um...

((Névoa: o sol é uma meia-lua.))

# PRIMEIRO ATO PROPRIAMENTE DITO

Apartamento escuro, cortinas cerradas

Salve-se

Não como quem sai correndo quando o alarme soa e o terceiro andar do prédio está em chamas e a fumaça vai crescendo e tomando os corredores de todos os andares superiores

É cedo, alguma luz mortiça lá fora

Preciso sair: talvez porque o incêndio seja verdadeiro e eu tenha sido o último a despertar quando alguém no prédio ao lado gritou — "Fogo no terceiro andar!" e a sirene no corredor soou

A sirene no corredor soa estranhamente familiar como a campanhia de uma bicicleta

Fumaça pairando sobre o carpete da sala como pó acumulado

E se, impaciente, uma criança no corredor estiver acionando a campanhia (da bicicleta?) para chamar os pais indolentes?

Janelas abertas na cozinha onde respiro livremente com uma xícara na mão: o chá quente exala um cheiro indefinível na minha face enquanto retorno para a sala mirando o vapor adensar-se no ar

Mil coisas talvez me impeçam de sair, mil coisas invisíveis sob a fumaça (decerto porque não uso os óculos) espalhadas ao meu redor, sobretudo no chão onde temo caminhar e por isso me detenho

Deposito a xícara na mesa ao lado do abajur ligado: água pálida, puxo o cordão do tea bag que se agita duas vezes como um polvo que lança tinta escura

Agora o sol ilumina a parede branca do prédio ao lado, ou estaria ele, o prédio, em chamas?

A sala, antes escura, ilumina-se, como se as chamas circundassem o oitavo andar

Cortina cerrada mas transparente

A claridade retira-se da sala, depois do prédio ao lado

A estranha sensação de que o prédio, devorado pelas chamas na parte inferior, inclina-se afastando-se do prédio contíguo enquanto me apoio na mesa com ambas as mãos

?

O abajur rola para fora da mesa, inclino-me para apanhá-lo no carpete

A tv que amanheceu ligada lança um resplendor de brasas

Uma imagem congelada na tela, um rosto na iminência de anunciar algo sem poder fazê-lo — talvez a transmissão ao vivo de um desastre

Agachado diante da tv como diante de um espelho, arde-me o rosto

Procuro o telefone ao meu redor, não o acho, ergo-me, deposito o abajur ligado na mesa

Olhos fixos na mesa onde pouso firmemente ambas as mãos, mas a mão direita desliza lentamente para o lado na madeira e des... cobre outra mão, uma mão lívida pousada na mesa como uma mancha de suor — é um órgão trêmulo, e se reúne ao primeiro como uma luva, uma luva interna que não cobre a pele mas se aloja sob ela

# PASSAGENS EXCLUÍDAS DA VERSÃO DEFINITIVA (SIC)

# OS DIÓSCUROS DE AVIÃO E DE TRAMWAY

(Diário de Campo do Sr. Mais)

(Primeiro dia)

No interior (da aeronave)
Poltrona (no corredor)
Distribuição de jornais (locais)
A aeronave se move vagarosamente (para trás)

(Segundo dia)

Final de tarde (gelado)
Estou parado numa esquina (indeciso)
Sobe a rua um veículo anacrônico (sólido e vagaroso)
Concluo que descerei a avenida (até o centro)
Dirijo-me ao ponto (deserto)
Um veículo amarelo (descendo)
Entro (pela porta da frente)
Dirijo-me (ao fundo)
Bancos (vazios)
Sento-me (próximo à porta de saída)
Deposito um pacote (no banco ao lado)
Percebo uma carteira (no banco ao lado)
Tomo-a (idêntica à minha própria)
Abro-a (curioso e talvez esperançoso)
Dinheiro (graúdo e miúdo)
Aguardo (alguém, seu proprietário)
O veículo pára (, passageiros saem)
Oculto a carteira (sob o pacote)
O veículo avança (os sinais abertos)

(Terceiro dia)

Poltronas (ocupadas)
Espaço (exíguo)
Música (enjoativa)
Vozes (falando uma língua estrangeira)
Ar estranho (ora quente, ora frio)
Comissárias claras (passam com os braços erguidos fechando os compartimentos de bagagem acima dos passageiros sentados)
Luzes (apagam-se subitamente)
Peixes coloridos (nas tvs suspensas sobre os corredores)
Aeronave (imóvel na noite)

(Quarto dia)

A identidade (solicitam-me)
A mão no bolso (da calça onde apanho a carteira)
Abro-a (: apenas dinheiro e um cartão com nome e endereço)
Pagarei (em espécie)
A identidade (não me pedem mais)
Guardo a carteira (idêntica à minha própria)
Saio (com o pacote)
Grilos de lata (cantando em caixinhas de papelão em ambas as calçadas)
Alerta (!)

(Quinto dia)

A aeronave (freia no ar?) descendo
A aeronave (acelera?) inclinando-se para a direita
Algo se destrava ruidosamente (na parte inferior da fuselagem)
Luzes de uma cidade imensa (nas janelas da aeronave)

(Sexto dia)

A carteira (supostamente alheia)
A cidade (cujo nome consta do cartão guardado na carteira)
Aproximo-me (!)
Um táxi (pára ao meu lado, entro)
O endereço (não o pronuncio, entrego ao motorista o cartão)
Desço (na estação)
Busco algo (numa praia próxima, explica-me o motorista: pegarei o trem)

(Sétimo dia)

A porta (de um quarto)
Quarto (no oitavo andar)
Janela (com cortina cerrada)
Diante da janela (a baía)
O sol (uma meia-lua)
Amnésia (: deixei meu cartão no táxi)
Carteira sem o cartão (é a minha própria)
Ressarcir (a ninguém)

# OS DIÓSCUROS DE NAVIO

# MARES

NAVES

(++++++++++++++++++++++++++++++++++++++++++++++++++++)

(DOIS)

# OS DIÓSCUROS

(Espólio)

# OS DIÓSCUROS CHEGAM A ALGUM LUGAR (SIC)

## ATO ÚNICO

+ ou - : É aqui?

+ ou - : É aqui?

+ ou - : É aqui?

# 2. MAIS OU MENOS DO QUE DOIS

(Versão de 2000)

# ÍNDICE

(UM)

# OS DIÓSCUROS

(Diálogo (sic))

# OS DIÓSCUROS NO HEMISFÉRIO NORTE DO FIRMAMENTO

(Cheap Imitation IV)

L I Q U I D A Ç Ã O    L I Q U I D A Ç Ã O    L I Q U I D

UN

lle /

Te or

mor
xí

a
od /
um
gí ,
?
des ,
rar ,
, ca
E unic rr ? que que
o ,

Comu e não o certo?

OM ou , st t!
TC er, men
é
?

lif

ag ar aixo

O EN O A O
S
AGORA — imp
a!

as

ec ez est ó, asci
al uas!
aj o ó, Par ê - ?

um sem ure!
ín L endo
e aq ,
Ã
ER O
el a ã , na en
n ei a elh el and

o e
ou, eit —
p is
ou a .
F o is d q rt — al esc ri
Eu ão o or r is e o, 12

or .
ent ,

O f . A na d ad .
ent ri .

RUÍDO D'ÁGUA olr , fl ,
erd !

oo e e ar ui / C u in I - - S -
O?

Al me er ta al

- U - - A ? eu não o e in

a esp — O!

Q i or a ma ubl a de ad .

Co or em ?
A do a eira!

N eir , á orn

os açad

es ol , a ne al

corp ua er , s
ria

t en ig

orro e,o
al

EV as re

ss X

e , o , s , en — is
a

u

U a .

UM d ia

a r i
da U

— d — n as St

r el la
m i m m r

zz

oC

Sentado na vitrina, na a a a a a

At :  so  se

cor

alan  sinal luminoso
S d d d il — ris

na and O la , a as vot

a ere B z ros te
Ou , dir ria, na res

na en to

C l o

ian

O O

um

E , pr o r J a .
nl
S p ro máq d ix
Mo v t !
us o

A - n !

ta al

um

O S, T S pa?

al!

(Ho a is oll)

( e — fu !)

us on /H , á / ose lhy s
com / i / aut p ão ei...
A / e on / xa e/ ss ei
fu ló / pi / ro / im v/ k
T i/ /à m lu ltu. O
/ nd / du ei / f ur / no h
er , m / O / r iz / O cha ?
N / u fi / Pr ri ... OK
o u / ra ui / ost e du d
e A/ tos da / op
p é mil na m la
a ol ... tam qu ... os ...

na dl uz mi ml

is / / es / en / acan / O
Im / a dif ... / Arr

T e / q a i / est ur /

l one si l o o in

e f / r... en u tex

.. .. le . . .

.. N u / .. .. ..

. . h
Al . Pue .---

---

Po s a pos e Ca a ...
... É ... ... ... Tem

. m E g ? m
T , . ..

. re tos ata
. A san .
nín Etn am

é sc val

ócu st
da

trin

te dr , ta u av

oc en cinzentas

ar in , ual e

os v m es fr

8 99

9

1

98

1 9 9

9
8
19 5

1 5 9

0
1 9

p

u eu en

J ,

m este vagão imóvel

e

ia ba

ei a ard

H d b a e o

E, am , r s

na ua, di da on
Rumor contínuo

a mb a ou o na
de d

T N TO — os s re s os

gi or a a la

cria et o m

R os a

vi s

(DOIS)

# OS DIÓSCUROS

# OS DIÓSCUROS NA ÓPERA E NO LIED

(Citações)

Castor: Je m'impose un exil nécessaire.

"CASTOR & POLLUX" (versão de 1754),
de Jean-Philippe Rameau e Pierre-Joseph (Gentil) Bernard

"LIED EINES SCHIFFERS AN DIE DIOSKUREN"
(Canção do Marinheiro aos Dióscuros)

Dioskuren, Zwillingssterne,
Die ihr leuchtet meinem Nachen,
Mich beruhigt auf dem Meere
Eure Milde, euer Wachen.

Wer auch fest in sich begründet,
Unverzagt dem Sturm begegnet,
Fühlt sich doch in euren Strahlen
Doppelt mutig und gesegnet.

Dieses Ruder, das ich achwinge,
Meeresfluten zu zerteilen,
Hänge ich, so ich geborgen,
Auf na eures Tempels Säulen,
Dioskuren, Zwillingssterne.

De Franz Schubert e Johann Mayrhofer

# 2. MAIS OU MENOS DO QUE DOIS
(Versão de 2001)

*(A epígrafe foi excluída — para sempre.)*

# ÍNDICE

# 3. RITO

## RITO

(Os jês, ou outros, homenageiam os gêmeos.)

(.!?)

(Um índio está vestido de, digamos, Castor; o irmão dele está vestido, digamos, de Pólux. Um canta, cala-se, o outro NÃO canta (exceto no início), cala-se, e assim vão fazendo até o final da cerimônia. Encenam, parece-me, a separação dos heróis fundadores.)

Vejo
Vês
Vê
Vemos
Vedes
Vêem

Sou
És
É
Somos
Sois
São

?
?
?
?
?
?

Sou
És
É
Somos
Sois
Somos

...
...
...
...
...
...

Sou
És
É
Sou
És
É

...?
...?
...?
...?
...?
...?

Sim
É
É
Sim
É
É

!(Sic)

!(Sic)

(( ))

# *Apêndice*

Passagens excluídas da versão definitiva (sic)

Abaixo, possivelmente notas de rodapé excluídas do texto definitivo (sic).

.

.

.

.

.

.

.

## *OUTROS TÍTULOS DESTA COLEÇÃO*

ANGELOLATRIA
*Augusto Contador Borges*

AOS PÉS DE BATMAN
*Joaquim Paiva*

COÁGULOS
*Álvaro Faleiros*

CONTRACORRENTE
*Frederico Barbosa*

CRISTAL / CARVÃO
*Yone Giannetti Fonseca*

DECERTO O DESERTO
*Cristina Bastos*

DESENCANTOS MÍNIMOS
*Ricardo Pedrosa Alves*

DESORIENTAIS
*Alice Ruiz S*

A DIVA NO DIVÃ
*Luciana Sadalla de Ávila*

FIGURAS NA SALA
*Moacir Amâncio*

LIVRO DE AURAS
*Maria Lúcia Dal Farra*

NO DEUS-QUE-O-DIGA DOS DIAS
*José Carlos Honório*

PERIPATÉTICO
*Beatriz Azevedo*

RETROVAR
*Rubens Rodrigues Torres Filho*

SOLARIUM
*Rodrigo Garcia Lopes*

25 AZULEJOS
*Fernando Paixão*

Este livro terminou
de ser impresso no
dia 29 de maio de 2001
nas oficinas da
Gráfica Palas Athena,
em São Paulo, São Paulo.